W9-CZM-855 JP 2 8 2011

Poemario ganador del Premio Hispanoamericano de Poesía para Niños 2009
El jurado estuvo conformado por Natalia Toledo, Francisco Hinojosa y Rodrigo Petronio

Para Jonathan, Julio César,
Marco Aurelio Jr. y Heriberto
M. A.

Distribución mundial

© 2010, Marco Aurelio Chavezmaya, texto
© 2010, Manuel Monroy, ilustraciones

D. R. © 2010, Fundación para las Letras Mexicanas
Liverpool 16, colonia Juárez
C. P. 06600, México, D. F.
www.fundacionletrasmexicanas.org

D. R. © 2010, Fondo de Cultura Económica
Carretera Picacho Ajusco 227, Bosques
del Pedregal, C. P. 14738, México, D. F.
www.fondodeculturaeconomica.com
Empresa certificada ISO 9001: 2008

Colección dirigida por Eliana Pasarán
Edición: Mariana Mendía
Diseño gráfico: Miguel Venegas Geffroy

Comentarios y sugerencias:
librosparaninos@fondodeculturaeconomica.com
Tel.: (55)5449-1871. Fax: (55)5449-1873

ISBN 978-607-16-0444-6

Primera edición, 2010

Chavezmaya, Marco Aurelio
    Árbol de la vida / Marco Aurelio Chavezmaya ; ilus.
de Manuel Monroy. — México : FCE, FLM, 2010
    [44] p. : ilus. ; 25 × 18 cm
    ISBN 978-607-16-0444-6

    1. Literatura infantil I. Monroy, Manuel, il. II. Ser. III. t.

LC PZ7   Dewey 808.068 Cha339a

Se terminó de imprimir en octubre de 2010
en Impresora y Encuadernadora Progreso, S. A. de C. V. (IEPSA),
calzada San Lorenzo 244, Paraje San Juan,
C. P. 09830, México, D. F.

El tiraje fue de 4000 ejemplares.

Árbol de la vida

Marco Aurelio Chavezmaya

Ilustrado por

Manuel Monroy

f,l,m.

FUNDACIÓN PARA LAS LETRAS MEXICANAS

FONDO
DE CULTURA
ECONÓMICA

Vivo en la casa que mi abuelo
me construyó en el árbol
más grande de este huerto.

Ahí dibujo,
    observo
y sueño.

Mi madre
se llama Rocío
y sus besos saben
a hojas de amanecer.
Es un olor a pan de naranja,
a tierra mojada, a canastón de frutas,
Es un chocolate envuelto en oro,
una almohada tibia en la noche oscura
y una sonrisa en medio del misterio.

Aurelio, mi padre,
es un coche de carreras
y no tiene tiempo
de lunes a viernes
para mirar la caída de las hojas.

Su tiempo se le va mirando los frutos
verdes, rojos, amarillos,
en su huerto de semáforos.

Mi abuelo es alfarero
y mi padre aprendió también
los secretos del barro.

Yo soy hijo del hijo y me gusta el cuerpo blando
de la arcilla entre los dedos, mirar los soles,
las palomas, los elefantes, las hojas y las flores
que brotan de las manos de mi abuelo.

Me gusta oír el corazón ardiente del horno
y luego ver los árboles de barro que nacen a la vida.

Yo me incendio en dudas a cada momento
y pregunto al barro, al silencio,
al aire del huerto y a la luz del fuego.

Un universo en el puño de mi abuelo.
¿Forjan sus manos canciones de barro y agua
o encienden una memoria que levanta el vuelo?

Soy acuático,
me crie en el mar de mi madre
y me llené de vida
en la arena de su carne.

Amanecer

I

El gallo,
con su canto,
pone un insólito huevo
en la mañana:
El sol se estira
sobre su cama
y me mira
con sus ojos de oro,
los dos despeinados
y contentos.

II

Al amanecer soy un niño diferente
y el sol también es un poco más viejo cada día.

III

La fiesta y la mañana
se hicieron una
en el corazón de la campana.

La mañana

I

La mañana, muy temprano,
se echa a volar con su motor de pájaros.

II

La mañana plancha la camisa azul del cielo.
En la higuera teje la araña su tramposa geometría.
Sueñan rojos sueños los insectos de la grana cochinilla.
Y un chahuistle enamorado enseña náhuatl
a una rosa de Castilla.

III

El viento mañanero
es un burro manso
que carga campanas
en el lomo.

IV

La cama: flor carnívora
que devora mis ganas de levantarme.
Con sus colmillos pegajosos
me succiona hasta el fondo de las sábanas
donde espera un tibio y fascinante monstruo:
el sueño.

V

El espejo
es una ventana.
Un niño
igual que yo
me llama.
Me asomo
para verme
y me saludo.
Él soy yo.
Y yo también.

En la escuela

I

Las divisiones de tres cifras
son más difíciles de memorizar
que el vuelo de una golondrina.

II

De la orquesta de la oración
me gusta la música del verbo.
Pero me gusta más el silencio
en la casa de mis pensamientos.

III

Las líneas cuervas
picotean los ojos de su madre,
la línea recta.

IV

Las paralelas sí se juntan
en la estación del sueño.

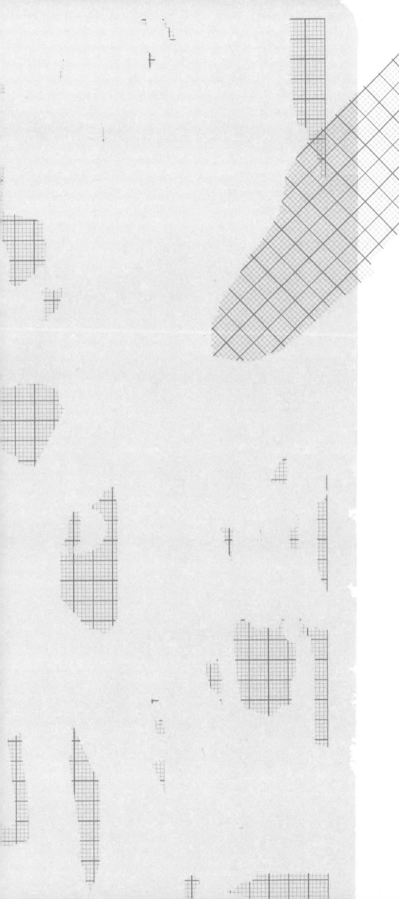

V

Corre el lápiz
por el rostro
de la hoja.
El dibujo
se deshoja,
hoja a hoja,
y en el mar
del color
se mojan
la risa
y el amor.

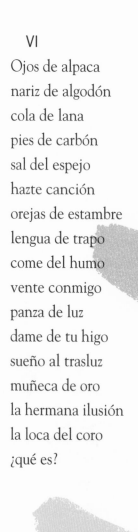

VI

Ojos de alpaca
nariz de algodón
cola de lana
pies de carbón
sal del espejo
hazte canción
orejas de estambre
lengua de trapo
come del humo
vente conmigo
panza de luz
dame de tu higo
sueño al trasluz
muñeca de oro
la hermana ilusión
la loca del coro
¿qué es?

VII

La imaginación
es una abeja
encerrada
en el panal
de mi cabeza.

¿Y esta abeja
me sigue a mí
o a mis pensamientos
amarillos?

VIII

Soy un pensamiento,
un alcatraz,
un girasol,
y desato el polen
de mi risa en el recreo.

IX

Una lagartija
florece en mi libro
de ciencias naturales.
La reptila flora escapa
haciendo eses
con la cola.

El mediodía

I

Algunas peras
ya andan descalzas
por el patio soleado.
Juegan futbol con el gato.
Beben el sol en silencio
y abren su corazón
a las amorosas abejas
del mediodía.

II

Mi madre canta:
Pera con piloncillo,
con piloncillo y canela,
dulce para mi niño,
para mi niño que espera,
que espera un beso del árbol,
del árbol dulce de pera.

III

Y yo,
como el gato,
pongo a funcionar
en mi garganta
el ronroneo acompasado
del motor de mi alegría.

IV

Levanta una paloma el viento
y en el libro luminoso del día
dibuja su sombra un insecto.

V

Una nube tapa al sol.
El sol estira la mano y se destapa.
Las sombras sentadas bajo los árboles
se levantan a bailar sobre la hierba.
Danza de sombras y de luces,
danza de cantos sobre los nidos.
El mediodía es un baile
de colores y sonidos.

Colibríes

I

Lengua
y espada,
pico
y popote:
cuatro
herramientas
en una
tiene
el ladrón
de dulzura.

II

Holas del viento
son corazones
de campanas
y los colibríes
en las ramas
no son risas
de flores
sino adioses
del tiempo.

III

Las flores de las tunas
guardan un secreto
que sólo cuentan
dulcemente
al colibrí.

Alas en el huerto

I

Tumbado en el jardín,
con un libro entre las
manos,
miro caer una hoja amarilla
del alto capulín.
¡Quién tuviera alas
para no caer como las hojas!

II

Canario:

Relámpago y suspiro,
rey alado y amarillo.
Leve cuento a punto
de empezar
sobre la rosada carne
de los higos.

III

Las golondrinas son peces
voladores en el mar del cielo
y subidas en olas de viento
eluden las verdes carnadas
del huerto.

IV

Una mariposa monarca,
sin corona que le estorbe,
escapa con un soplo de viento,
pobre y vagabundo,
que no sabe adónde va.

V

Caen las hojas amarillas.
Son las hojas que el olvido
arranca a los libros sin leer
en la biblioteca solitaria
de mi huerto.

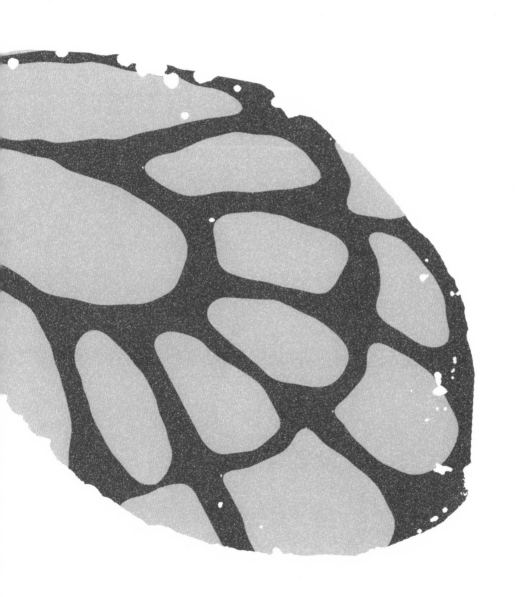

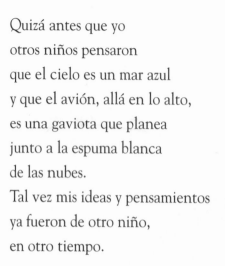

Quizá antes que yo
otros niños pensaron
que el cielo es un mar azul
y que el avión, allá en lo alto,
es una gaviota que planea
junto a la espuma blanca
de las nubes.
Tal vez mis ideas y pensamientos
ya fueron de otro niño,
en otro tiempo.

Pero éstas son mis palabras
y éste, mi momento.

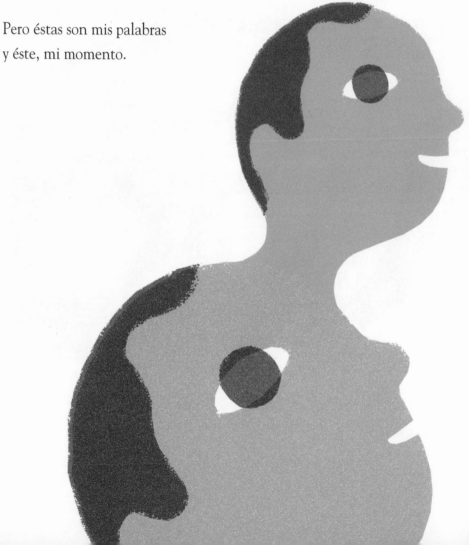

Mi abuelo,
si fuera fruto,
sería ciruelo:
agria la cáscara
pero dulce el corazón.

A veces su corazón
parece un higo seco
a punto de soltarse
de la rama más alta
de la higuera.

El monte se come al sol
jugoso y dulce:
una mandarina
en el frutero
del poniente.

La tarde y la lluvia

I

Por la tarde el cielo
es una tierra oscura
sembrada con nubes gordas.
¿Germinará en la madrugada
una llovizna de flores negras?

II

Me gustan las voces
de la lluvia. Ponerme
bajo las ramas del peral
y escuchar el secreteo
de las primeras gotas
que descienden
por los pisos
del follaje.

III

Bajo la lluvia duerme, en la azotea,
una oxidada bicicleta. ¿Por qué ruedan
las llantas dormidas? Porque sueñan
que un niño pedalea a la orilla del mar.

IV

La lluvia florece
en mi sueño
como una carcajada.
Despierto:
la lluvia sonríe,
gota a gota,
en la ventana.

V

El sol,
en medio de la lluvia,
envuelve la tarde para regalo
con su moño de arco iris.

VI

A veces pienso en cosas
que nunca he visto
y extraño una vida
que no he vivido.
Y me asusto.

A veces siento
que soy más viejo
que mi abuelo,
y que este cuerpo de niño
no es el mío.

A veces creo que soy el gato,
que mira con su ojos verdes
el corazón de un gran misterio.

Quisiera vivir en los ojos del gato
para sembrar miradas verdes
en los habitantes de la casa:
entrar en el alma
transparente
de mi abuelo
o encontrar las sonrisas
que olvidó mi padre
en algún rincón
de su cuerpo.

Dejo que me coman la lengua los ratones
y guardo en la boca el tiempo,
como si fuera un dulce.
Cierro los párpados y un instante de luz
muere de hambre dentro de mis ojos.
Me desabrocho los pensamientos
y ellos echan a correr a la casa de los sueños.

Sueño que soy amigo del aire
y él escribe una canción
que viene a vivir en la cama limpia
de una hoja en blanco.

El idioma de mi abuelo es un reloj antiguo.
Sus palabras son campanadas de otro tiempo.

¿Y qué pasará cuando
se rompa un resorte
y el reloj se detenga
y ya no quede nadie
que lo componga?

¿El ruido del reloj
es el roce de sus recuerdos
o sólo el tacto del tiempo?

Las brujas se quitaban las piernas
y las dejaban cruzadas
a un lado del tlecuil.
Luego se echaban a volar
en forma de zopilotes.
O eran bolas de lumbre danzando
entre las ramas de los sauces llorones.
También eran gatos negros y aparecían
sobre el tejado de una casa dormida.

A mi abuelo le florece la boca cuando recuerda.

Dice mi abuelo
que la tristeza
de los días
duerme
en las calles
y se cubre
con hojas
de periódico.

A veces un sol de sal
se anuncia en el
horizonte
de los ojos de mi abuelo.

Dice mi abuelo
que la muerte
es la sed amable
de la tierra,
que se bebe
a los hombres
como a gotas
de agua.

Árbol de la vida

Mi abuelo termina su trabajo:
Eva presume su hoja verde abajo del ombligo.
A su lado Adán sonríe, satisfecho,
por el fruto que ha comido.
Enroscada en el tronco, la serpiente.
Arriba, entre nubes, frutos, palomas y follaje,
un Dios padre, barba blanca y túnica celeste,
tiene la mano derecha en alto, igual que el arcángel
que levanta su espadita de flamas rojas y amarillas.

¿Y si yo fuera el Adán de barro
y me paseara por el huerto,
sin miedo ni culpa,
comiendo fruta verde?

La noche

I

Un cuervo sobre la barda
abre las alas y se come la tarde.
Arde
la tarde
en el pico
del cuervo.
Abre otra vez
las alas el cuervo
y da a luz a la noche.

II

La luna no es miel blanca
ni blanco derroche,
es un sol triste
en el mediodía negro
de la noche.